9656

Ye

LETTRE
DE SAPHO
A PHAON,

PRÉCÉDÉE D'UNE ÉPITRE A ROSINE,

D'une vie de Sapho , & fuivie d'une Traduction en Vers
des Ouvrages de ce Poëte.

Par M. BLIN DE SAINMORE.

A PARIS;

De l'Imprimerie de SÉBASTIEN JORRY, rue &
vis-à-vis la Comédie Françaife , au Grand Monarque
& aux Cigognes.

M. DCC. LXVI.

Avec Aprobation.

ABRÉGÉ

DE LA VIE DE SAPHO.

Sapho de Mitilene, était fameuse dans l'Antiquité par ses amours & par ses vers ; les Auteurs les plus illustres de la Grèce la métaient au-dessus de tous les Poëtes de son tems : elle fut surnomée la dixième Muse.

Elle épousa, fort jeune, un des plus riches habitans de l'Isle d'Andros, qu'elle perdit aussi-tôt. Alors elle se livra sans réserve à cet excès de sensibilité qui fut la source de ses malheurs : mais de toutes ses passions, celle dont elle brûla pour Phaon, fut la plus violente & la plus funeste. Ce jeune Sicilien passait pour l'home le mieux fait de fon fiécle ; il vint à Lefbos, atira les regards de Sapho , répondit à fon amour , & quelque tems après l'abandona pour retourner dans fa Patrie. Sapho lui écrivit un grand nombre de létres fort touchantes : il n'y répondit point ; elle alla le rejoindre en Sicile : mais elle ne put ranimer fon amour ; enfin elle fe livra au défefpoir , & fe précipita du rocher de Leucade dans la mer.

S A P H O vécut dans le même tems qu'Alcée & Stéficore ; elle fut auffi contemporaine de Rhodope, célébre Courtifane qui , des libéra‑lités de fes Amans, fit élever une des Pira‑mides d'Egipte. Sans être parfaitement belle, Sapho avait une figure faite pour infpirer des paffions. Sa taille était médiocre ; des yeux extraordinairement vifs & brillans, une phifionomie pleine de feu, des traits animés faifaient oublier les agrémens qui lui manquaient. On dit même qu'elle était fi féduifante & qu'elle répandait tant de charmes & d'éloquence dans fes difcours, qu'il était prefque impoffible de lui réfifter. Tous fes ouvrages refpirent la tendreffe; le ftile en eft extrêmement vif, quoique toujours doux & harmonieux. Les Lefbiens eurent une fi grande vénération pour fa mémoire qu'ils firent fraper fon Portrait fur leur monoie.

ON a cru qu'après un Ouvrage * qui porte

---

* La feule reffemblance qu'il y ait entre la lètre de Sapho qu'on donc aujourd'hui, & l'Héroïde d'Ovide fur le même fujet, c'eft que, dans l'un & l'autre Ouvrage, Sapho eft fupofée écrire, avant que d'aler rejoindre fon infidéle.

le nom de Sapho , il était convenable de raffembler les deux feules piéces qui nous reftent de cette femme célébre. La première eft une Hymne à Vénus, que l'on a mife en vers français , avec cette liberté fans laquelle il eft peut-être impoffible de rendre les Poëtes. L'autre eft une Ode qu'on n'a point ofé traduire après Boileau : on s'eft fervi de la Traduction qu'il a donée dans le Traité du Sublime. Il eft fingulier que des vers auffi gracieux & auffi tendres que ceux de la première ftrophe foient fortis de la plume du Cenfeur de Quinaut.

EPITRE A ROSINE. *

Si dans mes vers j'ofais décrire
La noble fierté de tes traits,
Ton regard tendre, ton fourire;
Ton coloris brillant & frais,
Et ton efprit fait pour féduire
Bien·plus encor que tes atraits:
Chacun dirait que, come Apelle,
Peintre fubtil & tendre amant,
J'ai pris un trait de chaque Belle;
Pour en former un tout charmant.
Oui, Rofine, plus le modéle
Serait faifi dans ce portrait;
Plus le tableau ferait fidéle,
Et moins encore on me croirait.
Un amant peint-il ce qu'il aime?

---

* Sapho faifait des vers : Rofine embélit ceux qu'elle récite;
Sapho reffentait l'Amour : Rofine le reffent & l'infpire. Ainfi,
à la tête d'une Lêtre de Sapho, l'homage que je rens à
Rofine eft naturel.

Il peint l'objet le plus flateur;

Toujours il paſſe pour menteur

Dirait-il la vérité même;

Et ſi par malheur cet Amant,

Aux doux accès de la tendreſſe

Des Rimeurs joint encor l'ivreſſe,

Il doit mentir bien autrement.

Mais quand Rivale fortunée

Des Dumeſnils & des Clairons,

Sur la Scène nous te vérons

Par de grands ſuccès couronée;

Lorſque ton ame nous peindra

Roxane ou bien Iphigénie;

Qu'en ton jeu l'on aplaudira

La tendreſſe à la force unie,

Et que Paris admirera

Et tes atraits & ton génie:

Alors, Roſine, on me croira.

Dans cette carière nouvelle,

Qù tu vas prendre un noble eſſor,

À tes fermens toujours fidelle,

Pouras-tu bien m'aimer encor ?

Dans une longue indiférence,

Véras-tu les airs fémillans

Et l'agréable impertinence

De nos Marquis vains & brillans ?

Aux conquérans de la finance,

N'ofriras-tu, dans tes beaux ans,

Qu'une éternelle réfiftance ?

Ces Héros dorés & puiffans

Me font trembler pour ta conftance :

Hélas ! ils font fi féduifans !

Dans cette heureufe deftinée,

D'adorateurs environée,

Rapelleras-tu ces momens,

Où, modefte & fimple grifete,

Tu préférais l'humble retraite

Du plus tendre de tes Amans,

A ces Palais de la moleffe,

Où l'on végéte fans defir,

B

Où la Grandeur bâille fans ceffe,

Où l'on a tout , hors le plaifir ?

Fille heureufe de la Nature,

Rofine , te fouviendras-tu

Qu'aïant tes graces pour parure

Et ton cœur tendre pour vertu,

Tu te livrais, fole & légère,

A l'Amant fimple & fans détour

Qui n'eut de charmes pour te plaire

Que fa franchife & fon amour ?

Ces doux plaifirs , que ton adreffe

Sait chaque jour multiplier,

Et tes fermens , & ma tendreffe ;

Pourais-tu bien les oublier ?

DANS la fougue du premier âge,

Où l'amour feul fait le bonheur,

A la beauté la moins fauvage

Mes fens prodiguaient leur ardeur ;

Sans fe fixer , mes goûts volages

Erraient toujours de vœux en vœux :

Mon cœur, depuis quatre feuillages,

Brûle pour toi des mêmes feux.

Quel est ce charme que j'ignore,

Qui dans tes fers vient m'arrêter ?

Rosine, qui te voit, t'adore ;

Qui te conaît, ne peut plus te quiter.

Ce sein, qui jamais ne repose,

Que l'amour se plut à former,

Cet air fripon, ce teint de rose,

Étaient de trop pour m'enflâmer.

Qu'un autre ébloui de tes charmes

Et satisfait de ces liens,

A ta beauté rende les armes :

Je prise en toi de plus grands biens :

Une humeur douce, une ame pure,

Un cœur sensible & généreux,

De tous les dons de la Nature

Sont à mon gré les plus heureux.

B ij.

Si jamais une fleur fi rare

Dans fon éclat brille au grand jour,

Il ne faudra qu'un vent barbare

Pour l'enlever au tendre amour.

M A I S d'un avenir fi funefte

Pourquoi vais-je éprouver l'ennui?

De la jeunefle qui nous refte,

Sachons profiter aujourd'hui ;

Fixons, du plaifir qui s'envole,

L'inftant qui va s'évanouir;

Sans nous charger d'un foin frivole,

Goutons en paix l'art d'en jouir.

Lorfque dans les jardins de Flore,

Au premier foufle du zéphir,

La jeune Rofe vient d'éclore,

On eft heureux de la cueillir.

Ton Vaißeau fur les Mers s'enfuit au gré des Vents
Le foufle de la mort glace auffitôt mes fens.

L E T T R E

DE SAPHO A PHAON.

Q u o i ! tu ne reviens point !... & par un long silence,

Tu peux aigrir les maux caufés par ton abfence ! ...

Dois-je encor te revoir ? Hélas ! fi malgré toi,

Un obftacle puiffant te retient loin de moi,

Que ta main, cher Phaon, daigne du mo ns m'aprendre

Si l'Amant le plus cher eft encor le plus tendre.

Dois-tu de ton afpeĉt longtems priver mes yeux ?

Vingt fois l'Aftre éclatant, qui brille dans les Cieux ;

A, fur les Lefbiens, répandu fa lumière;

Vingt fois il a, dans l'onde, achevé fa carière,

Depuis l'inftant fatal, fignalé par mes pleurs,

Où mon cœur fut percé des plus vives douleurs ;

Cet inftant où je vis tes voiles fugitives,

Peut-être pour jamais, t'éloigner de ces rives.

HÉLAS ! avant ce jour où, d'un œil enchanteur ;

Tu troublas, cher Phaon, le calme de mon cœur,

Où je flatai le tien d'une douce efpérance,

Mes jours paifiblement coulaient dans l'inocence ;

Mes yeux pendant la nuit fermés par le fomeil

Ne s'ouvraient point alors pour pleurer au réveil ;

Et par fes fons brillans ma lire enchantereffe

Entraînait fur mes pas les Peuples de la Grèce.

Tu parus.... à l'inftant je fentis malgré moi

Mon ame s'émouvoir & s'enchaîner à toi ;

Sur mes fens agités je n'avais plus d'empire ;

Je foupirais.... ma main s'arrêtait fur ma lire ;

Mon efprit s'égarait dans des difcours confus,

Et mon cœur enflâmé ne fe conaiffait plus.

Dans ce cruel état , que j'éprouvai d'alarmes !

Trois fois, fans fe fermer, mes yeux noïés de larmes

Ont revu du Soleil la fuite & le retour.

Je reconais alors l'impitoïable amour ;

Je veux lui réfifter : mais efpérance vaine !

Tous mes eforts ne font que refferrer ma chaîne ;

Le feu le plus ardent s'alume dans mon cœur,

S'irrite par degrés & fe change en fureur.

Prés de ces lieux charmans , de ces bords où la vue

Admire , en s'égarant, une immenfe étendue ,

Où la plaine des mers & la voute des Cieux

Semblent , dans le lointain , fe confondre à nos yeux ,

Non loin de cette rive , eft un lit de verdure

Qu'ombrage un orme épais , qu'arrofe une onde pure :

Ce fut là que ton cœur, embrâfé par l'amour ,

A Sapho, qui t'aimait, demanda du retour ;

Ce fut là, cher Phaon, qu'au gré de ta tendreſſe,

Je fis en rougiſſant l'aveu de ma faibleſſe.

Coment aurais-je pu réſiſter à tes feux ?

La candeur de ton ame était peinte en tes yeux ;

L'amour, d'un doux éclat, faiſait briller tes charmes,

Et tes yeux atendris ſe rempliſſaient de larmes.

Qu'à la tendre Sapho tu parus enchanteur !

Oui, je crus voir un Dieu qui ſéduiſait mon cœur.

Que dis-je ? de tes traits moi-même enorgueillie,

En voïant ta beauté, je me crus embélie.

Hélas ! j'aurais voulu, dans des inſtans ſi chers,

Te cacher dans mon ſein aux yeux de l'Univers.

U N jour en ſoupirant, je m'en ſouviens encore,

Je te dis, cher Amant, tu m'aimes, je t'adore :

Mais hélas ! un ſoupçon vient troubler mon plaiſir..

» Quelle crainte, dis-tu, Sapho, vient te ſaiſir ?

» Quand mon cœur ſent pour toi la flàme la plus pure,

Pourais-tu

» Pourais-tu foupçoner ma bouche d'impofture ?

» Ah, Sapho, ne crains rien : tu véras chaque jour

» Par le feu des plaifirs s'acroître mon amour.

» Oui , qu'à ce même inftant la mort la plus cruelle

» Couvre plutôt mes yeux d'une nuit éternelle ,

» Si de notre union brifant les nœuds charmans ,

» Je dois un jour changer & rompre mes fermens.

Qu'AISÉMENT, quand on aime, on croit ce qu'on defire

L'amour feul , ai-je dit , eft le Dieu qui l'infpire.

Le foupçon s'envola de mon cœur amoureux ;

Je ne réfiftai plus , & Phaon fut heureux.

RAPELLE-TOI ce jour , fi cher à ma tendreffe ,

Ces momens où , plongés dans la plus douce ivreffe ,

Nous étions , l'un & l'autre , au comble du bonheur ,

Où , ferré dans mes bras , tu mourais fur mon cœur :

Ma bouche , chèr Amant , refpirait fur la tienne ;

Ton ame avec tranfport s'élançait dans la mienne ;

Et nos feux toujours vifs & toujours renaiffans

Semblaient , par les plaifirs , multiplier nos fens

C

O rapides inſtans ! ô jours remplis de charmes !

Deviez-vous être , hélas ! ſuivis de tant de larmes ?

QUOI ! tout eſt donc changé ! ... funeſte ſouvenir,

Pour jamais de mon cœur ne puis-je te banir ?

La fidelle Cidno , par l'amitié conduite ,

D'un air pâle & défait vient m'anoncer ta fuite ;

Je doute quelque tems de mon triſte deſtin ;

Je crains de m'éclaircir , & , d'un pas incertain ,

Sur la rive , en tremblant , je me traîne éperdue :

Quel Speᶜtacle , grands Dieux , vient s'ofrir à ma vue !

Ton vaiſſeau ſur les mers s'enfuit au gré des vents ;

Le ſoufle de la mort glace auſſitôt mes ſens ;

Je tombe , & ſur ces bords je demeure expirante ;

Je r'ouvre à peine au jour ma paupière mourante ;

Arrête... m'écriai-je , arrête.... mais en vain ;

Ton vaiſſeau fuit toujours & diſparaît ſoudain.

De mes cris éfraïans je remplis le rivage :

Je ne me conais plus. : dans l'excès de ma rage ,

Je déchire mon ſein ; j'arache mes cheveux ;

J'apelle enfin la Mort : mais repouſſant mes vœux ,

Vingt fois au même inſtant la Déeſſe barbare

Ouvre & ferme à mes yeux les portes du Ténare.

DEPUIS ce triſte jour , ce funeſte moment ,

Que le tems à mon gré s'écoule lentement !

Que ſans toi ces beaux lieux ont pour moi peu de charmes!

Je ne me plais , hélas ! qu'à répandre des larmes.

Sur les aîles des vents quand tout fuit avec toi ,

Quel plaiſir , cher Phaon , peut être encor pour moi ?

Pour orner les préſens que m'a fait la Nature ,

Ma main n'èmprunte plus l'éclat de la parure.

Moi , me parer ! Pour qui ? ſi tes feux ſont éteints.

Eh , que m'importe à moi le reſte des humains ?

TANDIS qu'aux noirs chagrins ton Amante eſt en proie,

Que tu dois eſſuïer les pleurs où je me noïe ,

Phaon , tu vis content , & tu braves mes maux !

Quels droits ai-je en effet de troubler ton repos ?

Dois-tu brûlant toujours pour une infortunée ,

A ſes triſtes deſtins voir ton ame enchaînée !

S'enflâmer, fe quiter, fe tromper tour-à-tour ;

Ce n'eft qu'un jeu frivole aplaudi par l'amour ;

Les fermens ne font plus qu'une fragile chaîne

Qu'on forme fans plaifir & qu'on brife fans peine.

Quoi ! tu brules pour moi ; tu m'infpires ton feu ,

Tu me quites... je meurs.... & cela n'eft qu'un jeu !

Ah ! Phaon, à ton cœur je rens plus de juftice ;

Ton amour pourait-il n'être qu'un vain caprice ?

Ne m'as-tu pas cent fois dit dans ces mêmes lieux

Qu'un amant infidèle était un monftre affreux ?

Du plus tendre des Dieux mère plus tendre encore,

Déeffe des plaifirs, ô Vénus ! je t'implore ;

Toi, qui, propice au vœux d'un mortel * enflâmé ,

Donas un cœur fenfible au marbre inanimé ,

A mes cris pourais - tu n'être pas favorable ?

Il ne faut point toucher une ame inéxorable:

---

* Pigmalion, fameux Sculpteur de l'Antiquité, en faveur duquel, felon la Fable , Vénus anima une Statue qu'il avait faite , & dont il était devenu amoureux. Tout le monde conaitles vers charmans de M. de S. Lambert fur ce Sujet. Ce morceau paffe parmi les conaiffeurs pour une des meilleures Piéces fugitives que nous aïonsen notre langue.

Je te demande , hélas ! qu'en ces lieux rapelé,
Phaon brûle des feux dont fon cœur a brûlé.

Dés l'inftant que pour toi je conçus cette flâme ,
L'Amour, en traits de feu, t'a gravé dans mon ame ;
Je ne vis que pour toi ; je t'aime avec fureur,
Et rien ne peut jamais t'arracher de mon cœur.
Quand par l'éclat du jour la nuit eft efacée,
Ton image , Phaon , vit feule en ma penfée ;
Et par le doux fomeil quand mes maux font calmés ,
Un fonge vient t'ofrir à mes regards charmés ;
Je te vois t'avancer à ma voix qui t'apelle ;
Tu fouris... dans tes yeux le plaifir étincelle ;
Je renais à l'inftant ; tous mes fens font émus ;
Je vole t'embraffer... & ne te trouve plus.
Jufte Ciel ! quel réveil à mon repos funefte !
Je n'ai plus mon amant... & mon amour me refte.

O nuit , charmante nuit, favorable à l'Amour,
Nuit cent fois à mon gré plus belle que le jour,
Par tes illufions reviens tromper mon ame ;

Sans ceſſe montre-moi cet objet qui m'enflâme ;
Et par le faux plaiſir d'un menſonge charmant,
Viens de la vérité m'épargner le tourment.

Est-il vrai, cher Phaon, que ta main infidelle
Ait rompu pour jamais une chaîne auſſi belle ?
De quoi peux-tu te plaindre ? Ai-je trahi ta foi ?
Dans mon cœur, un rival l'emporte-t-il ſur toi ?
Ai-je franchi des mers cet immenſe intervale,
Pour troubler ton repos & braver ma rivale ?
Tu ne te plains de rien, Barbare, & tu me fuis !
Tu me laiſſes en proie aux plus triſtes ennuis !
Non, cruel, ne crois pas que ma trop juſte haine
Sans ceſſe menaçante & ſans ceſſe incertaine
En frivoles tranſports s'exhalera toujours ;
Que tu ſois maître encor d'en arrêter le cours :
Des cœurs, tels que le mien, portent tout à l'extrême ;
Si j'aime avec fureur, je déteſte de même ;
Je te ſuivrai partout : partout mes faibles vers
Publîront mon amour, ta fuite & mes revers ;

On faura que Sapho, de fon fiècle admirée,

Sapho des plus grands Rois vainement adorée,

Parmi la foule obfcure a daigné te choifir;

Qu'elle fit de te voir fon unique plaifir;

Que feignant de l'aimer & la bravant fans ceffe,

Ingrat, tu conus peu le prix de fa tendreffe;

Qu'avec tranquilité préparant fon malheur,

Tu te plus à plonger un poignard dans fon cœur.

Que dis-je?...penfes-tu qu'une Amante fe porte

De l'amour le plus tendre à l'horreur la plus forte?

Hélas! tu ne fais pas combien dans ce moment

Il en coute à mon cœur d'ofenfer mon amant;

Mon ame s'abandone aux douleurs les plus vives;

Mais fi Phaon revient, fi dans peu fur ces rives

Sa bouche de mes maux daignait me confoler,

Oui, dans fes bras encore il me vérait voler.

Hé quoi! de te revoir n'ai-je plus d'efpérance?

Sapho, plus que la mort, craint ton indiférence;

De tes retardemens mon cœur eft alarmé.

Grands Dieux! qu'il eft afreux de ceffer d'être aimé!

Le Soleil, qui me luit, m'ofre un jour que j'abhore.

Puis-je, mon cher Phaon, te perdre & vivre encore ?

Tu me fuis.... ah cruel ! que ne puis-je à mon tour

Étoufer dans mon cœur les flâmes de l'amour ?

Mais ce feu dévorant, qui brûle dans mes veines,

Accru par mes plaifirs, croît encor par mes peines.

Il eft vrai, la Nature avare en fes bienfaits

Ne m'a point prodigué les plus brillans atraits ;

Cependant l'autre jour rêvant fur ce rivage,

Dans le miroir des eaux j'aperçus mon image :

Si cette onde eft fidelle & ne me trompe pas,

On pourait à Sapho trouver quelques apas;

Et d'ailleurs ce talent qu'admire en moi la Grèce,

Qui me fait métre au rang des Nimphes du Permeffe,

Ce lut que je touchais pour toi fi tendrement,

Ne peut-il remplacer un fragile agrément?

Va, crois-moi : la beauté dont ton orgueil fe vante,

Eft femblable à la fleur, à la rofe éclatante,

Qui naît avec l'Aurore, & meurt avec le jour.

DANS

DANS les premiers accès de ton naiſſant amour,

Tu craignais que Sapho ne devînt infidèle ;

Que mon cœur, diſais-tu, te ſerve de modèle !

Hélas ! puiſſions-nous être unis juſqu'au trépas !...

Et maintenant tu fuis. .. Non, tu ne m'aimais pas ;

Ton hipocrite cœur ne ſut jamais que feindre,

Et ce cœur inconſtant eſt las de ſe contraindre ;

Si par de vains tranſports tu flatais mon tourment,

Je les dus au caprice, & non au ſentiment.

Mes yeux s'ouvrent enfin : brulant pour d'autres charmes,

Phaon glacé pour moi triomphe de mes larmes.

Quoi ! je ſaurais qu'une autre aurait pu t'enflâmer ,

Et je vivrais encore, & vivrais pour t'aimer !

Qui ! moi, t'aimer, cruel ! moi, chérir un perfide ,

Qui brave ſes ſermens, que l'inconſtance guide,

Et qui, tout orgueilleux de ſes faibles atraits ,

Sait inſpirer des feux & n'en reſſent jamais !

Va, ne te flate pas que ta beauté funeſte

Nouriſſe dans mon cœur des feux que je déteſte ;

Quand l'Amour à mes pieds t'enchaînait ſous ma loi,

D

Phaon tendre & fidéle était un Dieu pour moi :

Mais Phaon inconftanr, & furtout infléxible,

A mes yeux indignés n'eft plus qu'un monftre horrible.

Et vous, terribles Dieux, implacables vengeurs,

Dieux juftes, qui lifez dans l'abîme des cœurs,

Vous, dont l'œil eft ouvert fur toute la Nature,

Vous faviez que Phaon était traître & parjure,

Et vous ne pouviez pas, propices à mes vœux,

Soulever contre lui les vents impétueux !

Quoi ! ces mers, quoi ! ce ciel, fi fameux par l'orage,

Ont, par un calme heureux, fecondé fon paffage !

Grands Dieux ! pour qui la foudre eft-elle dans vos mains ?

Favorifez-vous donc les crimes des humains ?

Oui, cruel, je te livre à leur jufte vengeance ;

Que ce terrible mont, témoin de ta naiffance,

Barbare, foit auffi témoin de ton trépas ;

Que fes goufres brûlans s'entr'ouvrent fous tes pas,

Ou que, du haut des airs, la foudre étincélante

Sur toi tombe en éclats, & venge ton Amante...

Mais hélas ! où m'égare un vain emportement ?

Ma bouche te menace , & mon cœur la dément ;

Dieux , ne m'exaucez point ; épargnez ce que j'aime.

Ah ! fraper mon Amant, c'eſt me fraper moi-même.

Et toi, mon cher Phaon , pardonc à mon couroux :

Peut-on ſentir l'amour & n'être point jaloux ?

Viens , que je puiſſe , au gré de ma brûlante flâme ,

Me livrer , toute entière , aux tranſports de mon ame ;

Qu'oubliant l'Univers , que ſure de ta foi ,

Je puiſſe à jamais vivre & mourir avec toi.

Tu ne viens point... mes maux ont-ils pour toi des charmes ?

Et , ſans être atendri , vois-tu couler mes larmes ?

Non , ton cœur n'eſt point fait pour tant de cruauté ;

Senſible à mes douleurs , & d'amour tranſporté ,

Tu reviens... Dieu des vents , enchaîne les orages ;

Défens aux Aquilons de troubler ces rivages ;

Vous , Zéphirs , déploïez vos aîles dans les airs ,

Souflez ſeuls en ces lieux , & régnez ſur les mers ;

O toi , qui fus propice à ſa fuite coupable ,

Neptune , à ſon retour ſois auſſi favorable ;

Et toi , fils de Vénus , tendre Dieu des Amours ,

Conduis Phaon au Port , & veille ſur ſes jours.

Tu reviens , cher Amant, ô ciel ! eſt-il poſſible ?

Quoi ! je vais te revoir , & te revoir ſenſible ...

Mais pourquoi m'abuser par une vaine erreur ?
Phaon, n'en doutons plus, est ingrat & trompeur.
Eh bien : tremble, cruel, & frémis de ma rage !
Je vole dans ces lieux où ta froideur m'outrage ;
Oui, Barbare, je vais m'assurer de tes feux,
Te voir, t'aimer, te plaire, ou mourir à tes yeux.

HYMNE

A VENUS,

Traduction libre de Sapho.

O ʀoɪ, fille de l'onde, aimable Enchantereſſe,

 Qui m'inſpiras les plus beaux airs,

 Toi, qui pour Temple as l'Univers,

 Charmante & trompeuſe Déeſſe,

O Vénus! ſi jamais du ſein des Immortels,

Senſible aux ſons d'un lut harmonieux & tendre,

Tu ſouris à mes chants & te plus à m'entendre;

Si l'encens que ma main brûla ſur tes Autels

T'a, du trône des airs, fait quelquefois deſcendre;

Ne ſois pas inflexible à mes triſtes accens:

Aujourd'hui j'ai beſoin de toute ta puiſſance;

Reviens, belle Vénus: ſans toi, ſans ta préſence,

Je ne puis réfifter aux maux que je reffens.

Viens telle qu'autrefois deux jeunes Tourterelles

T'ont, dans un char brillant , conduite près de moi;

 Tu comandas à ces oifeaux fidèles

  De me laiffer feule avec toi ;

  Alors avec un doux fourire :

» Sapho , que me veux-tu ? parle , & dans ce moment,

» Je te vais acorder ce que ton cœur defire.

» Faut-il récompenfer l'heureux & tendre amant

 » Que tu chéris & qui pour toi foupire ?

  » Faut-il punir un inconftant ?

  » Ou bien faut-il à ton empire

  » Soumètre un cœur indiférent ?

 » Si quelqu'ingrat méprife ta tendreffe ,

» Il va brûler pour toi du plus funefte amour;

 » Et s'il te fuit , tu le véras fans ceffe ,

 » Avec ardeur , te pourfuivre à fon tour. ?

» Si ton volage amant , épris pour d'autres charmes ,

» A rompu ces liens qui faifaient ton bonheur ,

» Bientôt touché de tes alarmes ,

» Il viendra plus foumis te raporter fon cœur :

» Mais fi toujours tendre & fidèle ,

» Ce Mortel te rend feule heureufe fous fa loi ;

» Alors d'une chaîne éternelle ,

» Je vais, Sapho, l'unir à toi.

Belle Vénus , reviens encore ;

Acomplis ta promeffe , & fais que dès ce jour ,

Le perfide Amant que j'adore ,

Auffi tendre que moi, revienne en ce féjour

Calmer l'ennui qui me dévora

Et me jurer un éternel amour.

TRADUCTION
DE L'ODE DE SAPHO,

Par DESPREAUX.

HEUREUX qui, près de toi, pour toi seule soupire ;
Qui jouit du plaisir de t'entendre parler ;
Qui te voit quelquefois doucement lui sourire !
Les Dieux dans son bonheur peuvent-ils l'égaler ?

JE sens de veine en veine une subtile flâme
Courir par tout mon corps sitôt que je te vois ;
Et dans les doux transports où s'égare mon ame,
Je ne saurais trouver de langue ni de voix.

UN nuage confus se répand sur ma vue ;
Je n'entens plus, je tombe en de douces langueurs ;
Et pâle, sans haleine, interdite, éperdue,
Un frisson me saisit, je tombe, je me meurs.

FIN.